U0112389

你好 鸡蛋哥哥

〔日〕秋山匡 文·图　　小然 译

南海出版公司

2008·海口

喀哒喀哒，蛋动了起来。
在妈妈的悉心孵化下，
蛋宝宝马上就要变成小鸡了。
它们都努力地想破壳而出。

啪啦!

健康活泼的黄色小鸡们蹦了出来。

可是，有一只蛋却没有裂开。
笃笃笃，笃笃笃，
只听到小鸡在里面啄蛋壳的声音，
却看不到蛋壳裂开。

妈妈有点儿不放心了，
她用嘴帮蛋宝宝啄开了一个小洞。
"来，宝宝。
妈妈只能帮你到这儿了，
剩下的，自己来吧。"

"嗯——嗯——"

蛋宝宝使劲拱着蛋壳，

但力气不够，

蛋壳怎么都不裂开。

大家跑过来帮忙，

可他说：

"我自己来，

我一定要自己打开它。"

可是，
蛋壳始终打不开。

蛋宝宝只能从小洞里伸出
嘴来吃饭，

撅起屁股来拉屁屁，

伸出脚来走路。

这样，

蛋宝宝就可以一直和妈妈在一起。

蛋宝宝觉得很踏实，

因为自己还是一只蛋。

他甚至想，

一直这样也不错。

"妈妈，真温暖啊——"

一起出生的小鸡们都长大了，
只有蛋宝宝还是一只蛋。

不久，蛋宝宝有了弟弟，

他变成了哥哥，

可是，

他还是一只蛋。

不过，为了伸出脚，

他努力地又啄了个洞。

一天，蛋宝宝正和弟弟们一起散步，
一只大乌鸦追了过来。
"喂，那个圆溜溜的家伙，
来和我一起玩儿——"
"哇，救命啊！"
大家拼了命地跑。

他们急忙爬上坡。
只有蛋宝宝爬不好，
滚下来，
撞在了乌鸦头上。

骨碌 骨碌 骨碌 骨碌

这一撞，

蛋宝宝的壳"啪"一声裂开了，

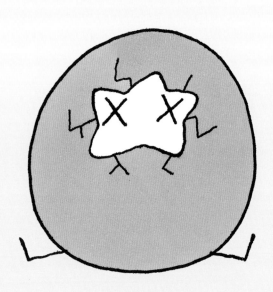

哗啦哗啦掉了下来。

乌鸦吓得摔倒在地上。

"太棒了，哥哥，你真了不起！"

"谢谢你，哥哥！

原来蛋能这么厉害呢。"

弟弟们高兴极了。

回到家，蛋宝宝对妈妈说：

"我觉得做只蛋挺好的，

我会一直努力做只蛋。

因为我还要保护弟弟们呢。

对吧，妈妈？"

"哦，是吗？

那你就加油吧，鸡蛋哥哥！"

从那以后，鸡蛋哥哥走路的时候，
总是叫着"哎呀，危险——"，
绕过石头。
因为，那么重要、那么重要的蛋壳，
要是再撞破的话，就不得了啦。

图书在版编目(CIP)数据

你好 鸡蛋哥哥／〔日〕秋山匡编绘；小然译.－海口：南海出版公司，2008.1
ISBN 978-7-5442-3771-0

Ⅰ.你… Ⅱ.①秋…②小… Ⅲ.图画故事－日本－现代 Ⅳ.I313.85

中国版本图书馆 CIP 数据核字（2007）第 082169 号

著作权合同登记号　　图字：30-2007-173

KONNICHIWA TAMAGO NIICHAN

© TADASHI AKIYAMA 2002

Originally published in Japan in 2001 by SUZUKI PUBLISHING CO.,LTD..
Chinese translation rights arranged through DAIKOUSHA Inc.,KAWAGOE.
ALL RIGHTS RESERVED

NIHAO   JIDAN GEGE
你好 鸡蛋哥哥

作　　者	〔日〕秋山匡	译　者	小　然	
责任编辑	邢培健	内文制作	杨兴艳	
丛书策划	新经典文化（www.readinglife.com）			
出版发行	南海出版公司（570206　海南省海口市海秀中路 51 号星华大厦五楼）　电话　（0898）66568511			
经　　销	新华书店	印　刷	北京国彩印刷有限公司	
开　　本	889 毫米 × 1194 毫米　1/16	印　张	2.25	
字　　数	3 千	书　号	ISBN 978-7-5442-3771-0	
版　　次	2008 年 1 月第 1 版　2008 年 1 月第 1 次印刷	定　价	22.00 元	